KB156226

그리운 것에는 이유가 있다

그리운 것에는 이유가 있다

초판인쇄 | 2020년 9월 10일   **초판발행** | 2020년 9월 20일
지은이 | 이금숙   **주간** | 배재경   **펴낸이** | 배재도   **펴낸곳** | 도서출판 작가마을
등 록 | 2002년 8월 29일(제 2002-000012호)
주 소 | 부산광역시 중구 대청로 141번길 15-1 대륙빌딩 301호
      T. 051)248-4145, 2598   F. 051)248-0723   E. seepoet@hanmail.net

ISBN 979-11-5606-154-0 03810   ₩10,000

※ 이 도서의 국립중앙도서관 출판예정도서목록(CIP)은 서지정보유통지원시스템 홈페이지
  (http://seoji.nl.go.kr)와 국가자료공동목록시스템(http://www.nl.go.kr/kolisnet)에서
  이용하실 수 있습니다.(CIP제어번호 : CIP2020037982)

※ 본 도서는 2020년 거제시 보조금 일부를 후원받아 제작되었습니다.

작가마을 시인선 42

그리운 것에는 이유가 있다

이금숙 시집

도서출판
작가마을

또 몇 년의 세월이 흘렀다.

코로나 사태로 상반기 전부를 개점 휴업상태로 보냈다.

산다는 게 얼마나 힘든 것인지 실감하며 사는 시간들이었다.

글을 쓰기 시작하면서부터 몇 년에 한 권씩 책을 펴내는 과정 과정이 영 어설프기 짝이 없다. 먹고 살기 위해서 일해야 하고, 일하는 매순간 마다 떠오르는 내용들을 정리하다보니 작업하는 시간들이 충분하지가 않았다. 예순 고개를 넘으며 아파도 보고 세상을 살면서 받은 마음의 생채기들을 잊어버리려 애를 썼지만 사람인지라 쉬 버릴 수 없는 것이 현실임을 체득하고 산다.

배고픔을 겪어보지 않은 사람은 눈물 젖은 빵의 의미를 모르듯 아파보지 않은 사람은 그 아픔의 깊이를 알지 못한다. 어느 날 병실에서 우연히 마주한 죽음과 대면하면서 지금은 살아 있다는 그 자체만으로도 행복하다면 믿어줄까.

이번에 상재하는 네 번째 시집의 글들은 지난 6년을 살아온 내 삶의 비망록이다. 내 안의 슬픔이고, 눈물이고, 넋두리이다. 남들은 인생 60이 청춘이라 하지만 어쩐지 세상을 다 산 기분이 드는 것은 쉽게 산 세월이 아니었기 때문이라

생각한다.
 창가에 앉아 사색하는 시간이 길어질수록 일하며 앞만 보고
달려온 나에게 내 몸은 이제 쉬어 가라는 시그널을 보내고
있다.
 시시각각 변화되어 가는 사회의 모든 현상들에서 조금은 자
유로워지고 내려놓고 싶은 것들을 내려놓는 연습을 시작하
며 어떻게 살 것인지를 생각해 보는 것.
 지난해 병원 문턱을 나섰던 어느 날 우연히 한 벗이 나에게
'나 자신을 사랑하는 법을 먼저 배우라'고 했던 말을 지금도
기억한다. 그 때는 그 말의 의미를 이해하지 못했지만 지금
은 그 이유를 알 것만 같다.
 글을 쓰는 것은 나 자신을 치유하는 방법이고 자유를 찾는
작은 탈출구이다. 대단한 이슈를 다루고 싶지도 않고 그럴
마음도 없다. 나와 같은 생각, 공감하는 이들이 있다면 그것
으로 족할 것이다.
 항상 삶은 내 지난한 날들에 성적표를 건네주었다. 네 번째
시집을 발간 할 수 있도록 지원해 준 거제시와 내가 사랑하
는 모든 사람들에게 고마움을 전한다.

2020년 여름

이금숙

이금숙 시집

작가마을 시인선 ㊷

차례

그리운 것에는 이유가 있다

이금숙 시집

작가마을 시인선 ㉒

차례

제3부

그리운 것에는 이유가 있다

제4부

그리운 것에는
이유가 있다

이금숙 시집

제1부

복수초

눈 먼 봄 왔다고 시린 몸 추스르며 일어난 자리
복수초 한 무리 꽃 등 켜고 앉아
양지바른 언덕 위 꽃불을 밝히네.
산기슭엔 바람꽃, 왕제비꽃, 가냘픈 몸매로
님 오실라 꿈꾸듯 하늘거리고
어젯밤 한설에 기다리던 너의 마음
눈 먼 봄 닮아
샛노랗 꽃으로나 피고 또 지고

수국의 섬이렸다

여름이 오는 길 바람의 길
학동으로 가는 길은 피안의 길
나비 떼 따라가다 발길 머문 곳
흐드러진 꽃잎은 팔색조 빛
하늘을 닮아서 저리 예쁠까
바다를 닮아서 저리 고울까
남부 길 여차 길은 수국의 길
수줍은 모습으로 길가에 앉아
가는 듯 오는 듯 미소로 반겨주는
거제도 여름 길은 수국 꽃 피는 길

사랑이 올까요

황혼을 바라보는 사람입니다
고목이 되어가도 마음은 청춘 같아서
젊은 사람들 따라 잡기에 애를 씁니다
세상이 우찌됐는지 요즘은
자식마저 늙은 사람 모시기를 두려워합니다
험한 세상 나이 듦도 서러운데
외로움은 또 저만치서 달음박질을 치고
흐르는 강물처럼 희석되어 버린 기억 저편
그래도 안 보면 보고 싶은 사람 하나 있습니다
그리운 사람입니다
늙어가도 사람이고 싶어서 사람 곁에 삽니다
청춘이고 싶어서 세월을 탓하며
사람 속에 서 있습니다
고목나무에도 꽃이 필까요
다시 한 번 사랑이 와 줄까요
그대 그리운 모습으로 내게 온다면
한 송이 들꽃으로 피어 있을게요
거기 작은 등불로 마중 갈게요

그래도 봄은 오리라

긴 터널의 끝은 보이지 않고
세상은 코로나에 숨을 죽였다
서글픈 현실을 견뎌내야 하는
우리들은 풀잎보다 낮은 존재들
작은 바람에도 흔들리며
갈 곳을 몰라 방황하는
인생의 대양을 떠도는 섬
삼월이 가고 사월이 가도
사람의 거리는 좁혀지지 않고
혼돈의 세상을 향해 절규하는
저 뭇 영혼의 울부짖음
내팽개친 모진 생명들을 안고
하루를 살다보면
동토의 땅에도 꽃은 피리라
그리고 봄은 오리라
오고 말 것이야

녹차 한 잔을 앞에 놓고

그대
혹여 내게 오시려거든
맑은 날 고요한 숲의 향기로
오시면 좋겠습니다

흔들림 없는 단아한 눈빛으로
댓잎의 차가움과
화롯불에도 견디어 내는
뜨거운 마음을
오롯이 보듬어 주시는
당신이면 더욱 좋겠습니다

어떤 날은
하얀 목련으로 오시고
어떤 날은
소담한 그리움으로 다가와
호젓이 창가에 내려앉은
빨간 꽃잎이었으면 좋겠습니다

더러는 세월이 가도
변치 않는 친구가 되고
사랑으로 엮어진 인연이 되어
은은하게 피어나는 한 송이
국화꽃이었으면 좋겠습니다

그대여
이렇게 사모하고
당신의 향기를 받드는 사람들에게
오늘은 따스한 숲의 향기로 다가선
님이었으면 더 없이 좋겠습니다

기도

봄빛에 끌려
찾아간 꽃집엔
화사한 꽃들이 웃고 있다
어제는 창가에
꽃 한 송이 꽂아놓고
말없이 봄을 불러
차 한 잔을 나누었다
피어나는 꽃향기
2월의 창밖은
아직도 겨울인데
마스크에 익숙하지 않는
사람들의 아우성
거리마다 메아리친다
빼앗긴 삶의 현장에
빨리 봄이 오기를
서로 얼싸안고 웃으며
인사할 수 있기를

식목제

오솔길 따라
햇빛들이 걷는다
물결들이 일렁이는 숲
시간이 멈추고
낮은 침묵이 고요롭다
정적을 깨우는
산새들의 지저귐
나무는 살포시
대지를 보듬어
싹을 키워 올리고
햇빛들이 걷는 길
그 길에 꿈을 심는다
내 아이의 아이들이
걸어가야 하는 길
초록의 생명 하나가
햇빛 속을 걷고 있다

지리산을 오르며

다가갈수록 멀리 있어
꿈속에서라도 봤으면 참 좋겠어
아무리 건강해도
두 개의 다리로는 무리야
끝없이 오르는 산길은
자세를 낮추고 마음을 비우고
천천히 천천히 걸어 보는 거야
귀를 열면 산새소리도 들려
발소리를 죽이면 숲의 노래도 듣지
솔향기에 가벼워진 마음
산정에서 바라본 이승의 세상
구름은 안개를 깔아 놓고
숨바꼭질 하자 하고
노고단은 아서라 손사래 치는데
지리산 성삼재는 쉬었다 가라 하네
무겁고 짐 진 자 앉았다 가라 하네

길 위에서

쭉 뻗은 아우토반을 따라 뮌헨으로 간다
지평선 아득히 오월의 햇빛이 반짝거린다
푸른 대지를 뒤덮은 초록의 향연
이국의 풍경 하나가
내 안에 들어와 살포시 앉는다
저만치 가고 있는 시간들 속에
황혼의 쉼표를 찍고 있는
지나 온 과거들이 줄을 서서 지나간다
바람개비들이 돌아가는 마을 어귀
어제였던 하루가
오늘에 묻혀가는 것을 보며
되돌아오지 않을 화려한 날들에 작별을 고한다
귓전을 맴돌던 은은한 왈츠의 음률
오스트리아에서, 부다페스트에서
알프스 산정을 넘으며 보았던
물결치는 유채밭 위
꿈결처럼 들려오던 봄의 환타지
길 위에서 쇼스타코비치를 듣는다
오월의 아우토반을 걸어간다

차마고도 풍경

천년을 딛고선 벼랑에
비가 내린다
바람도 쉬어가는 길
발아래 금사강 굽이쳐 흐르고
설산의 눈물인가
옥룡의 표호 요란도 하다

어제인 듯 지나간 마방의 흔적
바위틈엔 여름 꽃들의 춤사위
개 짓는 마을에는
정오의 햇살만 한가롭고
차마고도 따라 걷는
나그네의 발길
중도객잔에 머무네

천하제일 절경이 바로 여긴가
골골이 스며든 구름 사이로
물같이 흐르는 영겁의 시간
멈춰버린 삶의 언저리를 맴도는

이 허망한 존재는 또 무엇인가
인간이 꿈꾸는 무념의 공간에서
말없이 침묵하는 차마고도에
비가 내리네
여름이 흐르네

별은 흐르고

바람이 목젖을 관통하는
시라무런 초원에 별이 뜬다
별이 빛나고
별이 흐르는 걸 바라보며
별이 쏟아지는 지평선에서
별을 센다

별이 건너는 하늘
하늘을 가로지르는 미리내
견우와 직녀의 사랑을 엮다가
별빛에 묻혀서
직녀가 되는 시간

별빛 가득한 초원에
별이 흐르고
바람이 까치발로
별을 떠나보내는 새벽
허미가 조용히
아침을 열어간다

아침이 아름다워요

그대 아직도 꿈꾸고 있나요

어서 일어나 보세요

국화꽃 향기가 머무는

상큼한 가을 아침입니다

스치는 낙엽 소리

가을이 머무는 길목 어디쯤

그리운 이름 흩날리고 있어요

꽃단장 하고

낙엽 되어 아침을 맞이해봐요

누군가를 그리워하며 서성이던 시간들이

비우지도, 어쩌지도 못하는

울림들을 붙들고

국화꽃 향기로 아침인사 올려요

오늘도 안녕하신가요

귀천

돌아갈 날을 세는지
어머니는
병원 창가에 누워
야야
집 강아지
새끼 몇 마리 낳았냐
엄마, 여섯 마리
응, 그래 많이도 낳았네

며칠 후 어머니는
조용히 눈을 감고
야야
니 언니 언제 오노
엄마, 삼일 후
응 그래 알겠다
돌아갈 날을 세며
기다린 어머니의 노래는
오 개월 스무하루

그날 저녁 병원 창가엔

무심한 구월 열하루 달이 뜨고

바닷가 어머니의 남새밭에는

주인 잃은 푸성귀만

함초롬 밤이슬로 젖고 있었다

병상일기 1

환자복을 입은 내 모습이
엄마를 닮았다고 했다
나이가 들면서
점점 엄마를 닮아가는 모습이
새삼스러울 것도 없으련만
거울 속에 비친 나는 역시
엄마를 닮아 있었다
미련한 곰탱이!
동생들이 병원에서 붙여준
내 별명이다
뎅그라니 혼자 병실 창밖을 보며
움직일 수 있는 육신만으로도
행복하다는 것에 감사한다
주사바늘에, 검사를 위한 차트를 들고
병실 복도를 누워서 가는
지금 나는 5B병동 환자
엄마를 닮은 우리 집 환자다

병상일기 2

입원 나흘 째
하루 종일 화장실 문턱을 넘나들다
아직도 머리가 뱅뱅 돈다
내일은 수술 날자가 잡혀 '금식'
조금은 숨쉬기가 편해졌다
옆 병상의 환자 얼굴들이
데면데면 조금씩 익숙해지려 하고
아침마다 서로의 안부를 묻는 인사로
동변상련의 입장을 이해하려 애쓴다
밤새 고함소리에 잠을 설친 나는
고문당한 느낌으로 잠시 잠을 청하지만
귓가에 맴도는 건 악쓰는 소리뿐
새해를 맞이하는 병원 복도엔
돌아가지 못하는 가여운 영혼들
링거를 달고 휠체어에 앉아서라도
살아 있는 삶에 축복을 기원하는
언어의 유희를 스피크로 들으며
모두가 혼자인 세상
혼자서 살아가는 법을 배우는 중이다

병상일기 3

병실 창가를 무심하게 바라보다가
정맥을 타고 흐르는 수액의 한기에
마음을 데려다 육신에 꽂는다
다람쥐 쳇바퀴 돌 듯
약을 먹고 피를 뽑고 주사를 맞고
생각 없이 앉았다 일어났다
잠자기를 반복하는 시간
살기 위해서 라고 말하면 답이 될까
커튼 저편에서 악을 쓰는 환자의 넋두리가
내 마지막 모습이 아니기를 염원하며
운명처럼 지나온 삶의 기억에다 쉼표를 찍는다
이곳에서 눈에 보이는 것이 전부가 아님을
창 밖 세상 어디쯤에서 만나고
눈을 뜨고도 볼 수 없는 것과
눈을 감아도 보이는 것들이 상존하는 현실 속에서
이 병실을 온전하게 걸어서 나갈 수 있기를
성모님께 기도하는 것
오늘 내가 할 수 있는 유일한 일이다.

병상일기 4

병원에서 새해를 맞는다
환자들과 함께
치유의 삶을 배운다
지난 내 걸음들은
멈추지를 못하고
폭주 기관차인양 달
리기만 했었지
조금은 비우고
조금은 내려놓고
여유를 가지고 살아보는 것
새해 아침 황혼의 삶에
희망의 나무 한 그루 심다

그리운 것에는
이유가 있다 　　이금숙 시집

제2부

수국 연가

칠백리 동백 숲길 팔색조에 내어주고
그리움에 망울망울 기다리는 마음
성 색시 성성옥수 물들인 색깔마다
꽃잎은 청산가자 노래라도 부르지고

신록은 바다 되고
길목마다 흐트러진 꿈길 같은 정원에
수국꽃 잔치 열려 꽃밭인지 별 밭인지

섬 하나 만들어 수국을 심을까
넘과 함께 수국 밭에 사랑을 심을까
거제도 남부 길에 피어난 수국꽃이
청정바다 꽃잎 되어 여름을 반기네

불꽃처럼

나 타서 재가 되리
한 줌의 재로 남고 싶으이
화려한 삶의 뒤 끝
장열하게 산화한 열사처럼
오늘이 마지막이라고 생각하기

어느 항구의 축제거나
도시의 어둔 밤하늘에
빛으로 왔다가 사라지더라도
꺼지지 않은 생명
타서 재가 되어야 남는 이름
나는 불꽃

설유화

여리 디 여린 가슴
달빛 고운 아미로
마을 어귀 눈꽃으로
서 있는 거냐
얼굴 가득 애교 품은
가녀린 몸매
하늘하늘 헤실헤실
나부끼다가
화사한 봄빛에
저 마음 다 주고
해맑은 미소로
봄을 알리는
내 이름은
알스트로 메리아
설유화래요

새해를 맞으며

봄비처럼 내리는 비

달력을 바꿔놓고 청소를 하고

화분을 목욕시켜 현관 앞에 놓아두고

떨어지는 빗방울을 조용히 바라본다

음식을 만들던 부엌 한켠

손때 묻은 어머니의 그림자

한해를 마무리하는 딸을 향해

귓전에 속삭이던 말

"애야 애썼다 세해는 잘 될거야"

매화꽃이 피는지

밤새 북을 치던 바람

섣달그믐은 어제가 되어 떠나고

청매화 꽃봉오리 향기로 다가와

조용히 새해 아침을 깨운다

폐왕성 아리랑

천리라 유배길 절해고도에
무명적삼 모진세월 언제였던가
허물어진 성벽아래 피었다가 지는
임 향한 달맞이꽃 시름에 겨워
바람 따라 마실 나선 산마루에서
바라본 견내량은 말이 없고나

괭이바다 은빛 물결 파도에 잠재우고
위리안치 초가삼간 절간이 따로 없다
인걸은 어디 가고 풍경소리 애달퍼
가신 님 무덤가에 들꽃으로 피고지고
구중궁궐 한숨소리 천년 사직 머무는 곳
산성 위에 흰 구름만 덧없이 흘러 가네

어버이날에

오월이 오면 그리운 것이 많다

맺혀서 그립고 아려서 그립고

볼 수 없어 그리운 사람들이 그립다

아침에 카네이션 화분 하나 택배로 와서

창가에 놓아두고 출근을 한다

예전에는 가슴에 꽃을 달고 오가던 길에

오늘은 아무도 보이지 않는다

세월은 가고

기억 속에 남은 가시고기 사랑

야생화 같이 피웠다가 스러진

어머니의 둥지에도 봄바람 불면

따스한 미소로 바라보고 계실

당신을 만나러 추모공원으로 간다

퍼즐놀이

화양연화를 보며
기억 속의 세포 하나를 끄집어내
투명한 와인 잔에 얼음인양 띄워놓고
사랑이란 이름으로 다가서던
지난날의 추억에다 덧칠을 한다

심장을 타고 흐르는 붉은 피의 역류
빈 가슴에 남아 살을 헤집는 너는
등대의 불빛으로 가물거리다가
파도처럼 사라지기를 서른 몇 해

이제는 황혼을 바라보는 주름진 얼굴
아스라이 멀어져간 그대 그림자 하나
가고 없는 추억 속의 사랑을 위하여
사진첩 작은 조각들을 모아 퍼즐놀이를 한다
풀잎 같은 노래로 그림을 그린다

첫 걸음

만남은 우연이 아니야
사랑으로 태어난
생명의 신비는 신의 영역
작은 세포 하나에서부터
너와 나의 인연은 시작되고
뿌리지 않아도 자라나는 들꽃처럼
아이는 제 스스로
세상 바깥 빛의 광장을 응시하며
어머니의 어머니가 바라 본
숲의 노래와 바람의 소리를 기억한다
아이가 보는 세상은 신기루
일어나 첫걸음으로 당당히 선
너의 꿈은 걷는 것
해맑은 눈빛 속에 요람 속 이야기들이
하나 둘 깨어나 빗장을 풀면
사랑의 이름으로 활짝 웃는
어머니의 꿈속에도 별이 뜰거야

쉬리는 어디에 있을까

아침잠을 깨우는 새소리
산사의 새벽은 벌써 공양시간
세상 언저리만 빙빙 도는 나를 보고
보살님은 밖에 가서 쉬리와 놀고 오란다
어디에 있는지도 모를 꼬맹이
물길 사이 은어의 비늘이 팔딱거릴 때
잃어버린 영혼의 조각은 쉬리였을까
산양천에 쉬리가 산다고
구천계곡 아흔아홉 구비 들여다봐도
쉬리는 간데없고
선자산 실바람만 물길로 흐르누나

리가에서

밤이 오지 않는 백야를 기다리며
성당의 종소리를 듣는다
붉은 지붕 위로 빛나던 태양은
강기슭에 긴 그림자를 남기고
자작나무 숲으로 몸을 숨겼다
해안의 모래밭에는
철 이른 젊은 피서객들의 웃음소리
메아리로 달려오는 어둠 속에서
별을 찾아 헤매는 그대는 누구시던가
오래된 성벽을 따라 걸으며
리가의 향수에 취한다
발트의 여름밤 하얀 백야에 취한다

플리트비체의 겨울

눈보라가 천지를 삼켜버린 날
세상은 단절된 섬이 되었다
가지마다 매달린 눈꽃들이
후두둑 후두둑 대지를 흔들어
플리트비체의 호수 속에
겨울 풍경으로 얼어 버렸다
길 잃은 모든 것들이
낮은 언어로 사색하는 시간
흰 눈은 소리 없이 쌓여
목화의 성을 만들어 가고
섬 속에 갇힌 세상은 눈꽃으로 피어
요정의 하늘로 꿈을 뿌리고

트로이 목마

호머의
허물어진 성벽 광장에
달릴 수 없는 트로이 목마가
말없이 서 있다
신들은 올림푸스에 있고
목마는 낡은 외투 속 먼지처럼
광장 한 켠
쓸쓸한 목상으로 남아
주인을 기다리는지
긴 한숨만 울음 되어
에게해 바다를 떠돌고 있다.

밀포드로 가는 길

12월의 남쪽은 여름
퀸즈타운의 하늘은
호수를 닮아 푸른 쪽빛
서던 알프스의 산맥이 만년설을 이고
빙하의 호수와 섬을 휘감고 돈다
밀포드로 가는 길은 영혼을 만나는 길
양떼와 구름과 초록이 춤추고
불타는 노을이 수채화로 남아
나그네의 가슴을 혼 불로 태우는 곳
활짝 핀 루핀과 마누카 꽃길 따라
태초의 피요르드와 자연을 만나고
시린 눈빛으로 다시 호수에서 그리움을 만난다
디카로 찍어 본 사진 한 장 날씨 탓에 아직도 봄날이라고
반팔로 휘적휘적 산길을 걷는 환갑둥이들 무슨 청춘이라
겁이 없는지
연어회 소주 한 잔에 천국이 따로 없다
밀포드로 가는 길은 하늘로 가는 길 쉬어가는 삶이 있어
더욱 아름다웠던 와카티푸에
짧은 낭만과 추억을 남기고

바람인양 크라이스트처치로 돌아가는 시간

태양이 머무는 푸른 초원에는

이 땅의 서러운 기억을 들려주듯

이름 모를 꽃들이 피고 또 지고 있었다

중원기행 1

대륙을 가로지르며 유월의 초원을 달린다
미류나무 사이로 보이는 세상은
온통 밀밭, 옥수수밭, 그리고 푸른 보리밭
들판마다 오곡이 영글고
황토고원 능선 따라 계절도 익어간다
이곳은 중국 하남성 옛 중원 땅
태항산맥 줄기마다 묏부리 솟아
오대산, 면산, 운대산, 태항산
그 이름도 찬란하다
구름조차 쉬어 넘는 왕망령에는
못다 한 청춘의 애가哀歌 메아리치고
절벽을 감싸 도는 벼랑길 아래
머무는 바람이 서늘도 하건만
어느 왕제의 흔적인가 일필휘지에
나그네 발길에 걸음을 멈추면
객잔의 늙은 주인장 시름없는 미소에
세월은 또 하루의 일상을 접어 가누나
서산마루 지는 해
먼지 날리는 황톳길 너머

환청처럼 들려오는 말발굽 소리

중원을 호령하는 장부의

애끓는 단장의 휘파람 소리

크로아티아에서

알프스를 넘고

블레르를 지나

자그레브에 와서

크로아티아 너를 만난다

만추의 넉넉함이

행복을 뿌리는 여기는

가을이 물든 어느 성벽

잿빛 그리움 하나

오래된 낡은 지붕의 첨탑이

노을에 빛나고

나는 보헤미안 렙소디를 읊으며

아름다운 플리트비체에 섰다

자다르에서

트로기르에서

스플릿에서

드보르보니크에서

커피 한 잔을 마시고

눈멀고 듣지 못해

평행선 되어버린

옛 사랑의 나를 만난다.

축제

히타까즈 항구에는

연보랏빛 이팝나무 꽃이 피지요

바람이 스칠 때마다 흩날리는 꽃잎은

보랏빛 향기로 섬을 채우고

오가는 뱃길도 불러 모으지요

히타가즈 항구에는

봄 한철 어부의 만선 노래 들려오고

이팝나무 아래서는 축제가 열려요

솟대 끝에 걸린 새들의 지저귐

풍어를 기원하는 추임새 속에

오월의 대마도는 바람을 태우지요

아름다운 꽃잎들이 흩날립니다

봄이 가는가 봐요

그래도 오월이 오면

대마도엔 연보랏빛 이팝나무 꽃이 피지요

바람이 스칠 때마다 꽃잎은

보랏빛 향기로 섬을 채우고

히타까즈 항구엔

배들이 하나 둘 모여 들어요

이수도

한 마리 학으로 살고 지고
닿을 듯 말 듯 아스라이 먼 그대
뭍은 내 고향이 아니외다
파도에 밀려서 가다가 멈춘 섬
장목면 시방리 이수도라오

산허리 감싸 도는 외진 오솔길
염소 떼 사슴 떼도 내 이웃이요
낚싯대 울러 맨 나그네도 이웃인
사시장철 사랑이 넘치는
갈매기 날으는 섬 이수도라오

꿈꾸는 섬

바람이 부는 날은 꿈을 꾼다
떠나고 싶은 섬이어서
대문 밖 모퉁이 그림자로 서 있으면
황톳길 먼지 너머 신작로 따라
어머님 얼굴 별빛으로 흐르고
저녁 밥상을 차려 놓은 소녀는
오지 않는 식구들을 한없이 기다렸다

도란거리던 밥상머리
혼자라는 사실이 두려워
겨우 한 끼 밥 차려놓고 기도를 한다
추억 속에 어머니는
언제나 숟가락의 도를 일러주시고
사랑이 밥을 먹는다고 확인해 주셨다

우리가 사는 것은 불꽃
살아온 날들은 그저 무겁고 아픈 존재들
해질 녁 선창가엔 주인 없는 빈 배만
지난 날 퍼 올렸던 만선의 꿈을 꾸는지

바람이 부는 날은 바다로 간다

그대가 떠난 섬 밖으로

바람이고 싶어 다가가 보다가

바람이 들려주는 바람의 노래를 들으며

바람 속으로 떠난다

저동항에서

한 잔의 커피가 생각나
자판기로 향한다
하늘이 내려앉은 저동항의 자판기는
오징어를 닮았다
진한 커피 향보다는
고소한 마른 오징어 냄새
시끌벅적한 항구의 아침이 눈부시다
방파제에 쪼그리고 앉아
자판기 커피로 허기를 채운다
고깃배들이 오가는 등대 끝에서
죽도는 제 홀로 파도와 숨바꼭질을 하고
어디선가 갈매기 울음소리
애달픈 여행자의 마음에 그리움을 심는다
작심하고 걸은 해안선 무지개길
울릉도의 가을은 황혼으로 물드는데
바다는 시름없이 섬을 밀어 올려대고
어부들은 그물을 털며
집어등을 켠 채 먼 하늘을 응시하고 있다

제3부

편지 3

밤새 어머니의 눈물
고여 이랑을 만들던 남새밭 어디쯤
흔적인지 그림인지, 알 수 없는 문양 몇 개
땅바닥에 그려져 아침을 맞는다
고여진 물웅덩이
청개구리 몇 마리 물장구치다가
두 다리 벌리고 멈춰선 물 위로
햇살은 번거로운 그림자 하나 장독 위에
드리우고
어머니의 눈물 고인 항아리마다 쉬어가는
봄 볕들

어제내린 비는 마당 한켠 상처만 남기고
저 볕 따라 또 얼마나 흘러 갔을까
아름은 아직 바다 멀리서 몸 풀 차비도 않건만
어느새, 그리운 댓잎바람
낯익은 푸르름으로 달려와 내 앞에 서네

인연

그대가 없는 세상은

늘 외로움으로 다가와

누군가를 기다리게 했었지

노을이 당신을 닮아서

목을 빼고 바라본 서쪽 하늘가

온종일 기다리던 시간은 사랑이었을까

당신을 태우고

오늘도 바람으로 배회하다

돌아가는 길

얼마나 먼 길을 돌아야

그대에게 갈 수 있을지

바람으로 왔다가

바람으로 돌아가는 길목

나 그림자로 서 있거나

하얀 민들레 홀씨로 날아 가거나

봄비 2

하얀 머위 잎
솜털 위에
또르르 구르다 만
은방울 한 개
새초롬 눈 뜬
금낭화 꽃잎 열며
아 시원해 !
목이 말랐어!

오월이 오면

마당 한켠에 소리 없이 피어
예쁜 얼굴로 반겨주던 모란은
꽃이 고와 아름답고
장미는 붉어서 수줍어라
사랑 꽃 한 무더기 소담해서 좋고
꽃대 올린 백합은 청순해서 좋아라

하루하루 짙어가는 여름의 향기
마당은 신록으로 물들어 가고
잊혀 진 기억의 잔영 속에서
못다 핀 아까운 목숨들
꽃잎 되어 떨어진 자리
웅어리진 바다에도 봄빛이 내려
오월의 꿈들을 건져 올리고 있다

봄비 오던 날

전화도 없는 사무실 안에서

떠들어 대는 건 TV 한 대

그 잘난 코로나 때문에

우리들은 조용히 미쳐가고 있다

미치지 않으면 안되는 세상

미치지 않으면 안되는 서로를 붙잡고

세상에 삿대질 해봐도

돌아오는 건 빈 메아리

미소도 웃음도 잃어버린 거리엔

바이러스 바이러스 바이러스들

삶의 무게만큼 무거운 발걸음

확진 ○○○명, 귀천 ○○○명, 격리 ○○○○명

숫자로 늘어가는 본질을 보면서

생각을 털어보려 쉼 호흡

잠긴 마음, 닫힌 공간 모두가 막혀있다

창문을 두드리는 빗줄기에

우산을 펴고 거리로 나선다

사람이 사람을 보지 못하는

이 별난 세상을 살아가는 지금
우리는 조용히 미쳐가고 있다

외포항에서

어허야 디야

어야 디야

어야 디야

어허야 디아

은빛 바다에

만선의 꿈을 꾸는

은빛 얼굴들

멸치 떼다!

멸치 떼!

후리막 어장에

봄이 펄떡인다

거제 찬가

아이야 배 띄워라 바다로 가지
양지암 등대 너머 망망대해로
고기 잡는 어부들의 휘파람소리
은빛물결 뱃전에 부딪혀 오면
갈매기도 춤을 추며 만선을 노래 하네

아이야 배 띄워라 바다로 가지
지심도 해금강은 거제의 자랑
공고지 몽돌밭엔 수선화 피고
녹음방초 만발한 내도 동백 숲
푸른 파도 넘실대며 사랑을 노래하네

풍경 1

달빛이 출렁 거린다
물결이 출렁 거린다
시가 출렁 거린다
색소폰 소리에
노래가 출렁거리고
유월의 밤바다
쉰다섯 아낙네
한숨 소리도 출렁거린다
딱 한 잔 술이 그립다
술잔에 비친 달빛처럼
오늘은 그대가 참 그립다

희망사항

그저 바라만 보아도 좋은 사람
말없이 웃어 주어도 행복한 사람
가만히 옆에 있어도 편안한 사람
생각날 때 한 통의 메시지와
못난 얼굴 한 장 얹어 보내는 사람
우울할 때 음악을 틀어주고
울고 싶을 때 한 쪽 어깨를 빌려주며
때론 무심하게 드라이브를 시켜주고
화날 땐 깨진 밥그릇 들고 와 내미는 사람
더러는 '깨어 있어라' 채찍질 해주고
식탁 위에 한 권의 책을 올려놓는 사람
가끔은 나 자신을 돌아보고
'나를 사랑하라'고 말해주는 사람
황혼에 대해 이야기 하고
죽음을 준비하라 조언하는 사람
삶의 이치와 근본에 대해 생각하며
좋은 인연을 만들라고 얘기 하는 사람
어딘 듯 어수룩해 바보 같은 사람
내가 닮고 싶은 참 사람입니다

나그네

계절이 지나가는 정거장에
낯선 그림자 하나
행선지 없는 차표를 받고
종종 걸음으로 와서
버스를 기다리는
뒷모습이 닮아서
돌아보고 또 돌아보다
미동도 없이 서 있는
저기 잊혀 진 그림자
내 젊은 날의 초상

민들레

산골 바위틈
수줍게 피어나
봄 마중 가자고
몸 흔드는
저 매무새
노란꽃잎 내밀고
봄 볕 불러 모으면
키 작은
앉은뱅이라고
놀리지나 마세요

수선화

초록 긴 모가지
가녀린 몸매로
한들한들 피어난
삼월의 신부
찬바람 한설에도
그대 향한 그리움
봄빛에 고개 숙인
어여쁜 여인이여

노란 꽃잎 머금고
물길로 피어날까
파도에 실려 간
내 님의 사랑
공고지 몽돌개에
서럽게 피어서
오가는 뱃길 향해
님 소식 전해보네

청암 가는 길

하동호 오리 벚꽃 길

꽃눈 내리는 길

굽어 도는 길목마다

어디서 날아 왔을까

댓잎의 속삭임

꽃잎 열리는 소리

바람에 물 올리는

작은 나뭇가지 마다

조용히 기지개 켜는

여린 생명들

쪽빛 호수에 내린 산은

거꾸로 잠겨 자맥질을 하고

흔들리는 바람 사이로

세월이 가면

뻐꾸기 울음소리

봄날이 간다

둔덕골 연가

– 시인의 마을

산방산 비탈진 양지바른 곳
청보리 언덕에 남풍이 불면
시인의 마을에도 봄이 온대요
님 찾아 오르는 길
봄 마중 가는 길
지전당골 산길은 시인의 길
진달래 향기 따라 청령정에 오르면
청마의 꽃밭에도 봄이 익어간대요

수국 연가 2

거제도 남부 길에
꽃별이 내렸네
눈이 부시네
바람에 흔들리는
연보랏빛 섬섬옥수
그대의 얼굴 안겨
사랑스런 모습이
눈앞에 아른거려
가까이 다가서면
붉게 물든 꽃잎 속에
향기로 숨어서
아서라 보시되
꺾지는 마옵소서

수국 연가 3

스란치마 한 폭에
꽃잎 하나 그려 놓고
해안선 길목에다
뿌려 놓은 쪽빛 물결
수국 꽃 피면은
오신다던 낭군님
밤은 익어 가는데
파도에 실려 왔나
속절없는 산 메아리
어이해 오늘밤은
북두칠성도 놀러 가고
긴긴 여름 열대야에
매미소리만 구슬프라

사랑이란

봄 같아서
돌아보면 여름

여름 같아서
또 돌아보면 가을

가을 같아서
다시 돌아보면 겨울

겨울 같아서
가까이 가면
저만치 멀어지는
그리움 하나

이팝나무 아래서

어이해 달빛 아래 아픈 사랑으로 와서
밤늦도록 헤매다가 흰 꽃으로 피어나
배고픈 중생들 허기를 채우고
윤사월 봄바람에 속절없이 떨어지나

어머니는 앞치마에 꼭꼭 눌러 쓸어 담고
딸내미는 가지 꺾어 머리에 이고 지고
손주는 바지춤에 장난으로 가득 담아
늦은 밤 동네어귀서 꽃밥 잔치를 하네

보릿고개 나물죽에 손끝이 아린
어머니의 이팝은 흰 쌀이 되고
딸내미의 이팝은 진주 목걸이
손주의 이팝은 어느새 구슬이 되어
당산나무 아래는
꽃 잔치, 별 잔치, 사람 잔치를 하네

달빛이 흐르는 이팝나무 아래 서면

먹어도, 먹어도 줄지 않는
꽃무더기 봄바람에 살랑살랑 춤을 춘다.

사월의 고백

꽃이 피고 지는 사월은 그리움이다
공원 어귀 하얀 얼굴들 벚꽃처럼 피어
무수한 꽃잎의 노래 귓전으로 듣는다
이 산 저 바다로 흩어져 가는 무리 따라
대답 없는 이름은 메아리로 되돌아오고
아무것도 할 수 없는 어른이란 우리는
밤새 내린 비에도 망부석이 되어
너를 향한 기다림은 늘 기약이 없고
꽃비가 내리는 팽목항에도 찬란한
봄은 오고 가는데
소식조차 없는 보고 싶은 얼굴들
꽃이 피고 지는 사월은 그리움이다

개화

목련이 피네
목련이 피고 있네
잿빛 하늘 이고 푸른 한천에
목련이 피어 나네
햇살 머금은 꽃봉오리
순백의 나비로 피어나네

목련이 피네
바람이 들려준 노래
나비로 날아오르는 하늘
거기 백지 위로 풀어낸 꽃향기
목련이 피네
삼월의 봉화불 인양
목련이 피네

사랑을 하세요

오월엔 사랑을 하세요
나로 인해 가슴 아팠을 사람들과
나로 인해 힘들었을 사람들과
당신으로 인해 행복했을 사람들과
꼭 나였으면 좋겠다는 사람들과
그래서 더욱 사랑할 수밖에 없는 사람들에게
내 사랑을 보여 주세요

오월엔 여행을 떠나보세요
떠나와서 그리운 시간
당신이 그리워하는 사람들을 위해
꼭 한번만이라도 기도를 해 보세요
오월이 아름다운 건
내게 사랑이 있기 때문이고
오월이 아름다운 건
또 나를 사랑하는 사람들이 있음이에요

사랑하는 사람을 사랑하는 일
오월엔 사랑을 해 보세요
나와, 그대와, 모든 사람들을요.

제4부

2004, 거제도 포로 수용소

이 금 숙

성긴 하늘 위
죄명도 없이 낙뢰구는 낙엽
가을이 스쳐 가는 철조망 너머
눈물은, 지상의 슬픔을 껴안은 채
후두둑 거리며 지나가고
상처 난 구멍들 숭숭 뚫린
흔적 없는 허무의 공간
독봉산 하늘로 불 주검들이
광야의 혼 불로
꽃잎으로 일어서는 환상을
나는 디오라마 처럼 읽어갔다.

아버지의 바다

가덕도가 보이는 방파제 너머
아버지의 바다는 봄 멸치 계절
밀려왔다 밀려가는 물결 따라
어부들의 노랫소리 뱃전을 맴돌고
포구를 서성이는 갈매기의 날갯짓
만선을 기다리는 어머니의 기도

가덕도가 보이는 방파제 너머
아버지의 바다는 빈 그물밭
채우려 애써도 채워지지 않는 허기
어린 봄날의 보릿고개 추억
생각은 부질없이 물결 따라 흐르고
솟대 위 바람은 그리움 달아
사월의 창공에다 은빛을 뿌리고

편지

밤새 어머니의 눈물
고여 이랑을 만들던 남새밭 어디쯤
흔적인지, 그림인지, 알 수 없는 문양 몇 개
땅바닥에 그려져 아침을 맞는다
고여진 물웅덩이
청개구리 몇 마리 물장구치다
두 다리 벌리고 멈춰선 물 위로
햇살은 번거로운 그림자 하나 장독 위에 드리우고
어머니의 눈물 고인 항아리마다 쉬어가는 봄볕들
어제 내린 비는 마당 한켠 상처만 남기고
저 봄 따라 또 얼마나 흘러갔을까
여름은 아직 바다 멀리서 몸 풀 채비도 않건만
벌써, 그리운 댓잎바람
낯익은 푸르름으로 달려와 내 앞에 서네

현실

어쩌다 입마개가
삶의 일부가 되어버린
웃음조차 잃어버린 삶
지유롭지 못한 몸짓에
사람들이 만든 바이러스가
사람들이 사는 세상을
혼돈 속으로 몰아가고
평범한 일상을
그리워 하는 우리는
새장에 갇힌 앵무새 인생

산다는 것

인생은 정지된 화면이 아니라 파노라마다
흘러가는 것
또는 우연에 의한 필연의 만남일지라도
우리는 모두 다 길 위의 삶을 산다

목적지를 둔 사람이거나
부평초 마냥 떠도는 사람이거나
세상이 싫어 도시를 떠난 사람이라도
사는 것은 그들의 몫
때로는 광야의 바람을 닮고 싶어
지평선이 보이는 빈 들에 선다

인생은 정지된 화면이 아니라 파노라마다
영혼을 깨우는 지금 이 순간도
나를 지탱하는 세포들이 살아 있음을
내 가슴을 고동치게 하는 열정이
맥박처럼 뛰고 있음을 감지한다

거리마다 강물처럼 흘러가는 사람들

무수한 만남이 가져다주는 삶 속에

우리 모두 우연을 필연으로 가장하며

길 위의 삶을 살아가고 있다

인생의 흔적을 찾아 길을 떠난다

그립고 슬픈 것에는 이유가 있다

그립고 슬픈 것에는 이유가 있다
새벽에 피어오르는 안개에도 이유가 있고
사월의 팽목항 물새 떼 울음에도 이유가 있고
철마다 제 목숨 지키려 피는 꽃들에도 이유가 있고
말 못하고 가슴에 묻어야 할 약속에도 이유가 있다

바람이 스칠 때마다 흔들리는 그리움
주인 없는 슬픔들이 꽃잎으로 흩날리는
바닷가 언저리 모래톱 어디쯤
아이야 청산가자 외치는 어부들의 노랫소리
이유 없이 스러져간 꽃다운 주검들
오늘은 꿈을 닮은 나비로 태어나려나

사월이 오고 벚꽃 바람에
다시 은둔의 계절로 돌아가는 시간
어머니의 한숨은 슬픔으로 남아
세상에 이유 없는 사연 없듯이
그립고 슬픈 것에는 이유가 있다
그립고 슬픈 것에는 이유가 있다.

하루

바람이 분다
빗장을 닫은 사람들
텅 빈 거리엔
썰물처럼 적막이 밀려오고
사람 냄새가 그리운
시장통 언저리 미다
길 잃은 이방인들
어디로 가야할지 모르는
발목 잡힌 시선
오늘이 까닭 없이 슬픈 것은
마음의 거리조차 가늠할 수 없는
이 현실 때문이다
바다로 가고 싶은 욕망
항구에 목을 매고
드러누운 배
조용히 하루가
떠날 채비를 한다

절명

간다고 가는 것이 아니다
온다고 또 오는 것도 아니다
운명에 순종하며 살다 죽는 것
피어날 때와 떨어질 때를 아는
그저 존명의 순간을 기억하는 것
그냥 가는 것이다
툭

귀천

새벽 미명에 발인제를 지내고
오십 평생 살았던 집과 동네를 한 바퀴 돌아
노제도 없이 화장장으로 떠나는
제부의 주검 앞에서
눈물조차 흐르지 않는 현실이 가슴 아프다
예고도 없이 찾아 온 이별은 남은 자들의 몫
죽은 자는 말없이 영정 속에서 웃고
망자를 보내는 어미의 슬픈 눈이 사슴을 닮았다

생의 반을 살고 떠난 친구를 위해 술을 따르는
허연 머리 친구들의 꺼억꺼억 울음소리
아득하게 들려오는 호곡에 날이 밝는다
붉은 명정에 덮힌 육신 한줌 재로 남아
못다 한 청춘의 애가 비목처럼 무겁다
삶은 무엇이고 죽음은 무엇인가
그대 하늘로 돌아가는 날
소리 없이 바람은 불고
쓸쓸한 거리에는 낙엽만 지네

복권을 사다

꿈을 꾸고 행여나 하는 마음으로 복권을 산다
당첨번호가 발표되기 전까지 나는 부자
행복을 추구하는 모든 것들을 공유할 수 있고
베풀어야 할 곳의 목록과 금액까지 계산해 둔다
아 그리고 나머지에 대한 뒤처리는
당첨되고 난 후 해도 늦지 않은 일
천 원짜리 한 장의 행복
단지 잘 살고 싶다는 꿈을 꾸는
가난한 샐러리맨의 하루가
포켓 속에서 잠이 든다
내일이 있다는 건 꿈이 있기 때문
퇴근길에서 만나는 낭만이
가로등 불빛 아래 흔들리고 있다

마당

사람이 밟아서 터가 된 뜰에
그리움은 그리운 대로 쌓아두기
추억은 마음 가는 대로 묻어두기
사랑은 지나가기를 기다리고
붙잡을 수 없는 행복은 심어두기
계절이 오가는 봄날에
사람들은 마당에 나와
꿈을 심고 꿈을 피워
뜨락엔 녹음방초 제멋에 겨웁고
돌담 너머 이웃들의 발자국 소리
골목길 돌아서는 햇빛 사이로
키다리 감나무는 물구나무를 서고 있네

예순 즈음

아직도 아날로그가 좋다
테이프로 듣는 음악이 좋고
기형도의 잎 속의 검은 잎과
이수익의 우울한 샹송과
박인환의 목마와 숙녀와
양희은의 한계령이 좋은 나는
지금 예순 즈음이다

인연의 덧없음을
한 줄 부고장으로 읽다가
보고 싶다는 말 한마디 못하고
원고지에 편지만 쓰는
나는 지금 예순 즈음이다

환갑은 나이도 아니라며
10년 뒤 생일밥상
기대해 보라는 동생들 성화에
살며시 미소만 짓는

어설픈 맏이인

지금 나는 예순 즈음이다

그날이 오면

봄비 내리는 날 벚꽃나무 아래 서면
아득히 먼 우주에서 낮은 소리가 들려요
꽃은 아무도 모르게 꽃눈을 열고 미소를 보내요
지금 당신은 어디에 있나요
그대들이 살고 있는 팽목항에도 꽃은 피나요
비가 내리면 무너지는 슬픔에 가슴이 아파
저 하늘 헤매고 있을 별들을 불러
도란도란 사는 얘기 들어나 봤으면
별을 닮은 꽃들은 이렇게 예쁜데
팽목항 그 여린 나무에도 봄이 올까요
봄비 내리는 날 벚꽃나무 아래 서면
아득히 먼 우주에서 낮은 소리가 들려요
사랑한다, 사랑한다, 사랑한다 얘들아

연가

밤꽃이 피는
밤꽃이 피는
유월의 산하山河는
넋 나간 며느리
애간장 녹이는 달

왕포역에서

바람의 길을 따라 四月이 걷는다

철길엔 나즈막이 햇빛들이 누워
빛에 반사된 나뭇잎들의 미소가
두런두런 두런두런
콰이강의 다리를 향하여
긴 포물선을 그리는 기차는
왕포역을 뒤로 하고 플랫폼을 떠났다

어제 우리가 앉았던 나무 등걸에
시간이 머물러 기지개를 켠다
천 원짜리 쌀국수에 반한 나그네
차마 떠나질 못하는 것은
환한 미소의 샴 소녀 때문일까
그리움 울겨 낸 국물 맛 때문일까

느린 속도의 기차가 꽃잎들 사이로
포물선을 그리며 오고 있다
가야할 때를 아는 사람들

기차도 가고, 사람도 가고
왕포역엔 또 다시 햇빛들이 눕는다

아무도 없는 四月의 길을 따라
바람이 걷고 있다

단교 애가

남과 북을 달려서 우리 만나랴
동과 서를 걸어서 우리 만나랴
강물 위 날개 펴고 오작교로 만나랴
하늘 길 미리내로 별빛 되어 만나랴
마주보면 아득히 잡힐 듯도 하건만
님은 가고 기슭엔 왕버들만 푸르러
메아리로 들려오는 목 메인 외침
단교 아래 강물이야 서해로 갈거나
바람으로 만나지고 동해로 갈거나
흘러가는 압록강은 구름에 밀려
뱃사공 노래 속에 떠돌다 가누나

살다보면

세월이 금방이다
세월이 금방이다
살다보면 금방이다
어제의 꽃다운 나였던 네가
오늘의 내가 되고
오늘의 청춘이었던 네가
내일의 또 나 일 수 있는
세월이 금방이다
세월이 금방이다
수초처럼 늙어가는
우리네 인생사
세월이 금방이다

지심도 동백

가는 길이 너무 멀다
파도에 묶인 발길
붉은 꽃망울 터지면 올라나
꽃 잎 하나 떨어지면 올라나
외진 오솔길 핏빛 되어
온 섬을 물들여도
가는 길이 너무 멀다
가는 길이 너무 멀다

왕망령에서 띄우는 편지

친구야
유난히 태풍이 많은
여름을 피해 태항산으로 왔다
칠월에 떠난 길이 지금은 팔월
여기 왕망령에는 벌써 가을이 머물러
주변은 온통 야생화 천지네
사방을 둘러보아도 보이는 것은
구름과 안개 그리고 엉겅퀴꽃
동그란 공모양이 아름다움을 더 하네

친구야

비와 함께 온 태항산은 여름과 가을 사이
나는 그 사이를 넘나들며
이 거대한 자연의 비경에 넋을 놓고 있다네
오늘은 칠월칠석
견우와 직녀가 만나는 날
나의 사랑은 어디에 있는지
아직도 늘 그리움으로 찾아오네

홀로 길 떠나온 방랑자에게
인생이란 그저 흘러가는 구름 같은 것
이 깊은 계곡을 돌며 자연의 오묘함에
다시금 세상을 살아갈 힘을 얻는다

친구야
세상은 그래도 살만한 곳
안개 걷히면 먼 산 풍경 눈에 잡히듯
우리들의 삶 또한 그러하리니
너무 힘들다 힘들다 아우성치지 말자
계절이 시원한 바람으로 다가오네
자연의 선물인 야생화 꽃들을 보며
우리 서로 짧은 만남들에
익숙해지려 하고 있어
구름 사이로 팔월의 태양이 작열한다
윗망령에 찾아 온 발길들 모두
여름을 보낼 준비들에 바쁜데
마음은 봄나들이 온 것처럼 가볍기만 하네

친구야

이 여름이 가기 전에 얼굴이라도 봐야지

우리의 꿈들은 다 어디로 갔을까

나이 듦이 현실임을 실감한다

산정에 서면 바람에게서 가을 냄새가 나고

어제 떠나왔던 태항산이 수채화로 남아

내 마음에 풍경화를 그리고 있다네

잘 있어라

돌아가면 전화할게

항상 건강하기를, 항상 행복하기를 빈다

안녕 –

2015년 8월 어느 날

삶의 여로旅路에서 피어나는
사랑과 희망의 노래

— 이금숙의 시세계

정 훈(문학평론가)

　모든 그리움과 소망과 사랑의 말들은 다른 말보다 특별한 울림을 주기 마련이다. 인간 보편적인 말들이기에 그렇다. 아주 오래 전부터 사람은 하늘을 보며 희구希求하는 마음을 전했을 것이다. 삶이 팍팍할수록 우리는 특정한 누구에게가 아니라 눈에 보이지 않는 대상을 우르러며 혼잣말을 하지 않았을까. 자연은 그대로인데 우리 사람의 마음은 시시각각 변한다. 변하는 마음속에서도 변하지 않는 심정 하나쯤 지니고 산다. 변하지 않는 심정이란 대개 아름다움에 연결된다. 이 아름다움은 공동체를 겨냥한 것일 수도 있지만 대개 자기 자신의 실존적 대상을 향하는 경우가 많다. 자연스러운 일이다. 인간이라는 가냘픈 실존은 무엇을 끊임없이 갈구한다. 사랑이든 그리움이든 희망이든 그 무엇이 되었건 인간은 소망한다. 특히 잊히지 않는 특별한 체험을 했을 경우에는 그러한 마음의 강도는 강렬해진다. 가끔 다람쥐 쳇

바퀴 같은 일상에서도 우리는 스스로 묻곤 한다. '나는 어떻게 살아가야 하나?'라고. 이 '어떻게'라는 부사는 삶의 형식과 밀접한 관련을 지닌다. 목적이나 방향이 아니다. 어떤 매무새를 말함이다. 태도이자 자세의 문제다. 그렇기에 성찰은 중요한 의미를 지닌다. 존재의 빛깔보다는 존재 속의 내실, 그리고 존재를 존재이게끔 하는 내적 기운이다. 이런 시각에서 자신의 삶을 돌아보면 대체로 우리들의 삶이란 허허로운 것이었다는 사실을 발견하곤 몸서리치는 경우를 본다. 삶의 양식은 내부의 성실성에서 빚어진다. 그러므로 윤리적 패러다임에 철저한 사람들의 낯빛은 약간 그늘이 져 있으면서도 빛이 난다. 흔들리는 자신의 마음을 곧추세우고자 벼리고 닦았기 때문이다. 그런데도 우리들은 쉽사리 흔들린다. 유한한 존재이기에 그렇다. 헛된 욕망은 버렸을지언정 마음의 평온을 찾기란 쉽지 않다. 지난 일이 현재에도 되살아 괴롭히며, 떠나간 것들이 무한정 그리울 때가 있다. 이런 심란함에도 진실이 담겨 있다. 보편적인 인간 사유와 감정의 표현이기 때문이다. 시는 그러한 심사를 펼치는 마당이다. 여기에는 삶의 곡진함에서 비롯하는 칠정七情이 펼쳐져 있다.

이금숙의 시를 읽으며 삶의 의미를 곱씹는다. '삶'이란 말, 참으로 쓸쓸하다. 마냥 행복하고 건강할 것만 같은 시간이 불현듯 자신의 실존을 찌르는 칼날이 되기도 한다. 그러면서도 따뜻한 마음과 정을 무르익도록 해주는 시간도 있다. 삶이라는 무정한 시간의 길 위에 서서 인생을 노래하다보면, 생명이란 얼마나 소중한 것인지 깨닫기도 한다. 이금숙의 시는 그러한 생명을 노래한다. 아픈 몸이었을 때의 삶과, 기도하는 마음이었을 때의 삶, 그리고 낯선 타국의 경험을 토대로 생각하게 된 삶들의 풍경이

이번 시집에 펼쳐져 있다. 이 다양한 소재들을 관통하는 의미가 있다면 바로 사랑과 희망일 것이다. 아픈 경험에서 추출해낸 순금 같은 가치가 사랑과 희망이기에, 거기에는 시인의 진실성이 묻어 있다. 그런데 오랜 고통의 사유 끝에 끄집어낸 두 정신적 가치는 마냥 얻어낸 것이 아니다. 숱한 고독과 상처와 절망, 그리고 실존적 단독성에 대한 스산한 자각이 있었다. 우선 병상 시편들 가운데 한 편을 보자.

입원 나흘 째
하루 종일 화장실 문턱을 넘나들다
아직도 머리가 뱅뱅 돈다
내일은 수술 날짜가 잡혀 '금식'
조금은 숨쉬기가 편해졌다
옆 병상의 환자 얼굴들이
데면데면 조금씩 익숙해지려 하고
아침마다 서로의 안부를 묻는 인사로
동병상련의 입장을 이해하려 애쓴다
밤새 고함소리에 잠을 설친 나는
고문당한 느낌으로 잠시 잠을 청하지만
귓가에 맴도는 건 악쓰는 소리뿐
새해를 맞이하는 병원 복도엔
돌아가지 못하는 가여운 영혼들
링거를 달고 휠체어에 앉아서라도
살아 있는 삶에 축복을 기원하는
언어의 유희를 스피크로 들으며
모두가 혼자인 세상

혼자서 살아가는 법을 배우는 중이다

– 「병상일기 2」 전문

　　병실에 입원해서 수술을 앞둔 화자의 심정을 표현한 시다. 아파본 사람은 잘 알 것이다. 지난 건강했던 날들이 새록새록 떠오르고, 삶에 대한 회의가 밀려든다. 그리고 죽음을 생각한다. 이런 일련의 고통스러운 사고와 감정들이 고통스러운 몸과 함께 뒤섞여 혼미해진다. "밤새 고함소리에 잠을 설친 나는/ 고문당한 느낌으로 잠시 잠을 청하지만/ 귓가에 맴도는 건 악쓰는 소리뿐/ 새해를 맞이하는 병원 복도엔/ 돌아가지 못하는 가여운 영혼들"이 빼곡한 병상의 풍경에는 생명에 대한 욕구와 실존에 대한 고독이 함께 움튼다. 철저하게 혼자라는 자각이 생기는 것이다. "모두가 혼자인 세상/ 혼자서 살아가는 법을 배우는 중이"라는 화자의 말에 귀 기울인다. 사람은 누구나 혼자라는 생각을 하지만 뼈저리게 느끼는 경우는 별로 없다. 특별한 체험에서만 가능한 사고다. 단독자로서 고독한 존재가 인간이다. 이런 뼈저린 각성에서 출발할 때 비로소 삶의 의미를 추출할 수 있다. 시인에게 찾아온 쓸쓸한 단독자로서의 체험은 시인으로 하여금 인생이 어떤 의미를 지니는지, 그리고 삶의 여정을 어떤 방식으로 지나야 하는지 고민하는 바탕이 된 것이다.

　　인생은 정지된 화면이 아니라 파노라마다
　　흘러가는 것
　　또는 우연에 의한 필연의 만남일지라도
　　우리는 모두 다 길 위의 삶을 산다

목적지를 둔 사람이거나
부평초 마냥 떠도는 사람이거나
세상이 싫어 도시를 떠난 사람이라도
사는 것은 그들의 몫
때로는 광야의 바람을 닮고 싶어
지평선이 보이는 빈 들에 선다

인생은 정지된 화면이 아니라 파노라마다
영혼을 깨우는 지금 이 순간도
나를 지탱하는 세포들이 살아 있음을
내 가슴을 고동치게 하는 열정이
맥박처럼 뛰고 있음을 감지한다

거리마다 강물처럼 흘러가는 사람들
무수한 만남이 가져다주는 삶 속에
우리 모두 우연을 필연으로 가장하며
길 위의 삶을 살아가고 있다
인생의 흔적을 찾아 길을 떠난다

– 「산다는 것」 전문

시인의 인생론이라 할 수 있는 작품이다. 삶은 정지되어 있지
않고 흘러가는 것이라는 사실은 진실이다. 파노라마처럼 끊임없
이 펼치는 장면들 속에 숱한 생의 이력들이 뿌려져 있다. "인생
은 정지된 화면이 아니라 파노라마다/ 영혼을 깨우는 지금 이 순
간도/ 나를 지탱하는 세포들이 살아 있음을/ 내 가슴을 고동치
게 하는 열정이/ 맥박처럼 뛰고 있음을 감지"하면, 삶이 마냥 쓸

쓸한 여정인 것만은 아닐 것이다. 정적인 풍경이나 일상처럼 보일지라도 얼마나 역동적인 움직임과 기운으로 가득 차 있겠는가. 그래서 생명이고 삶이다. 삶은 우리에게 흔적을 남기라 속삭인다. "길 위의 삶"이다. 길은 걸어야만 한다. 길을 바라보고만 있으면 길이라 할 수 없다. 목적이 있든 없든, 방향을 지니든 지니지 않던 어쨌든 걸을 수밖에 없는 것이 인생길이다. 인생길에서 만나는 사람들과 사건과 체험들이 때로는 상처를 남기기도 하고 절망을 안겨다 주기도 한다. 그래서 우리는 쉽사리 체념을 하거나 고독에 빠지게 된다. 그 사이사이 예기치 못한 환희와 기쁨을 맛보기도 한다. 이러한 삶의 파노라마에는 군데군데 특별한 체험의 양상들이 널려 있다. 지나간 일에 얽매이다보면 새로운 길을 걸을 수 없다. 또한 아직 오지 못한 길에 불안을 느끼면 인생의 가치를 풍요롭게 할 수 없다. 온갖 우연과 필연의 현상들을 만나면서 삶이라는 복잡하면서도 다양한 시공간의 영역에 감탄사를 내뱉게 된다. 그래서 쉽사리 절망해서도 안 되고 쉽사리 행복함에 빠져 자신을 잃어서도 안 된다. 시인의 인생론인 위 시에서 삶의 가능성을 믿게 된다. 시인은 비관에 빠지지 말고 앞으로 나아가면서 흔적을 남기라고 말한다. 삶의 흔적은 자신의 이력이 된다. 모든 사람들의 이력에는 그들만의 개성과 체험이 묻어 있다. 길 끝에 다다르다 보면 외양은 제각각 달랐지만 얼추 비슷비슷한 삶의 여정을 보게 될 것이다. 그러니 함부로 잘잘못을 따질 수도 없다. 바람처럼 구름처럼 흘러가는 인생이다. 삶이 공空일 뿐이라는 느낌이 들면 이 세상 어느 것 하나 소중하지 않은 것이 없다. 이렇게 시인의 인생론은 우리에게 얼른 걸어가라며 등을 떠미는 것 같다.

바람이 부는 날은 꿈을 꾼다
떠나고 싶은 섬이어서
대문 밖 모퉁이 그림자로 서 있으면
황톳길 먼지 너머 신작로 따라
어머님 얼굴 별빛으로 흐르고
저녁 밥상을 차려 놓은 소녀는
오지 않는 식구들을 한없이 기다렸다

도란거리던 밥상머리
혼자라는 사실이 두려워
겨우 한 끼 밥 차려놓고 기도를 한다
추억 속에 어머니는
언제나 숟가락의 도를 일러주시고
사랑이 밥을 먹는다고 확인해 주셨다

우리가 사는 것은 불꽃
살아온 날들은 그저 무겁고 아픈 존재들
해질 녁 선창가엔 주인 없는 빈 배만
지난 날 퍼 올렸던 만선의 꿈을 꾸는지
바람이 부는 날은 바다로 간다
그대가 떠난 섬 밖으로
바람이고 싶어 다가가 보다가
바람이 들려주는 바람의 노래를 들으며
바람 속으로 떠난다

- 「꿈꾸는 섬」 전문

인생길을 걷다 보면 때로는 지난 날 잊히지 않는 풍경들이 떠오를 때가 있다. 특히 유년의 기억이 강렬하게 수면 위로 올라오는 경우다. 위 시의 화자는 지금은 되돌릴 수 없는 유년의 한 풍경을 형상화하면서 삶의 의미를 반추한다. "떠나고 싶은 섬이어서/ 대문 밖 모퉁이 그림자로 서 있으면/ 황톳길 먼지 너머 신작로 따라/ 어머님 얼굴 별빛으로 흐르고/ 저녁 밥상을 차려 놓은 소녀는/ 오지 않는 식구들을 한없이 기다"리는 회상을 하며, "우리가 사는 것은 불꽃/ 살아온 날들은 그저 무겁고 아픈 존재들"이란 진술을 한다. 지나 간 것들을 되돌릴 수는 없다. 그러나 한때 아팠던 추억들 속으로 들어가 보고 싶은 마음 한 자락 생기는 때가 있다. 흑백의 사진처럼 옛날의 기억들은 주로 가족과 얽힌 경우가 많다. 아픈 시절의 아픈 이야기들이 새록새록 돋아날 때 우리는 삶을 다시 생각하게 된다. 「꿈꾸는 섬」의 화자는 지금까지 살아온 날들이 그저 무겁고 아픈 존재들로 바라본다. 불꽃처럼 타올랐다 금세 식어 잿빛으로 남는 기억이 있다. 누군들 그러하지 않을까. 우리 모두는 가슴 한편에 쓰라린 기억 몇 개쯤 간직하고 있다. 여기서 화자는 꿈과 바람을 주요 모티프로 활용한다. "바람이 부는 날은 꿈을 꾼다"는 문장이다. 바람의 이미지는 시에서 숱한 의미를 산출한다. 떠남과 정처 없음과 허무함과 쓸쓸함 따위의 의미들이다. 그리고 현실의 부질없는 욕심이나 집착에서 해방되고자 하는 의미도 포함한다. 그리고 낭만적인 뉘앙스도 불러일으킨다. 어쨌든 바람은 존재의 속박에서 벗어나는 것과 관련이 깊다. 존재와 삶의 의미를 궁구하면서 삶의 자유를 꾀하는 의지를 생각하게 하는 것도 바람 이미지다. 그러니까 바람은 꿈과 떼래야 뗄 수 없는 연관을 지닌 단어인 셈이다. "바람이 부는 날은 바다로 간다/ 그대가 떠난 섬 밖으로/ 바람이고 싶어 다가가 보다가/ 바람이 들려주는 바람의 노래를 들으며/ 바람 속으로 떠"나려 하는 화자의 모습에서 삶의 여정에서 흔들리는 마음의 무게를 훌훌 털어버리려는 시인의 모습을 유추하게 된다.

이번 시집에서 시인의 인생과 삶의 가치관을 엿볼 수 있는 대신에, 시인이란 존재가 얼마나 타인의 고통과 감정에 민감한지 확인할 수 있다. 시인은 아파하는 사람이다. 자신을 두고 아파하기도 하지만 다른 존재들을 보며 맘 아파하는 사람이 시인인 것이다. 왜냐하면 시인 또한 공동체의 구성원이기 때문이다. 평범한 사람이 느끼는 감정을 시인도 느낀다. 보편적인 인간으로서 세상을 바라볼 때 시인도 이러한 보편적인 인간의 감정을 공유하기 때문이다. 삶의 길목에 마주하게 되는 다양한 표정의 존재들은 인간의 힘으로는 어쩌지 못하는 존재성의 상처를 지니고 있다. 이들은 저마다 각기 슬픔을 지닌다. 이들을 어루만질 수밖에는 그 해답이 묘연한 것들이 분명 있다. 존재의 슬픔을 언어로써 노래할 수밖에 없는 시의 한계를 생각해본다. 다음의 시를 보자.

> 그립고 슬픈 것에는 이유가 있다
> 새벽에 피어오르는 안개에도 이유가 있고
> 사월의 팽목항 물새 떼 울음에도 이유가 있고
> 철마다 제 목숨 지키려 피는 꽃들에도 이유가 있고
> 말 못하고 가슴에 묻어야 할 약속에도 이유가 있다

바람이 스칠 때마다 흔들리는 그리움
주인 없는 슬픔들이 꽃잎으로 흩날리는
바닷가 언저리 모래톱 어디쯤
아이야 청산가자 외치는 어부들의 노랫소리
이유 없이 스러져간 꽃다운 주검들
오늘은 꿈을 닮은 나비로 태어나려나

사월이 오고 벚꽃 바람에
다시 은둔의 계절로 돌아가는 시간
어머니의 한숨은 슬픔으로 남아
세상에 이유 없는 사연 없듯이
그립고 슬픈 것에는 이유가 있다
그립고 슬픈 것에는 이유가 있다.

― 「그립고 슬픈 것에는 이유가 있다」 전문

　세월호 참사가 터졌을 때 우리는 오랫동안 슬퍼했고 분노했고 가여워 어쩔 줄 몰라 했다. 이는 지금도 진행형이다. 불행하지만 단지 사고일 뿐이라고 우겨대는 사람들도 있었고, 진상규명을 위해 시간과 노력을 아끼지 않은 사람들도 있었다. 진실은 차차 시간이 지남에 따라 밝혀지겠지만, 어른들의 욕심에 희생양이 되어버린 아이들의 눈망울이 시간이 갈수록 또렷해진다. 인간의 품격과 국가의 위상과, 그리고 숨겨져 왔던 인간의 악마성이 적나라하게 펼쳐진 때였다. 이런저런 문제들이 인간의 실존적인 허약성과 맞물려 좌절과 절망의 바다로 수장되는 듯한 이 나라의 풍속에서 힘겨워하지 않은 사람이 어디 있었겠는가. 시인은 "그립고 슬픈 것"이라는 말로써 이 모든 것들을 표현한다. "그립고 슬픈 것에는 이유가 있다/ 새벽에 피어오르는 안개에도 이유가 있고/ 사월의 팽목항 물새 떼 울음에도 이유가 있고/ 철마다 제 목숨 지키려 피는 꽃들에도 이유가 있고/ 말 못하고 가슴에 묻어야 할 약속에도 이유가 있다"는 시인의 진술에는 "이유 없이 스러져간 꽃다운 주검들"에 대한 비극을 더욱 강화하는 의미가 들어 있다. 이유 없는 현상이 없건만 아이들의 죽음은 너무나 우연적이고, 너무나 갑작스럽고, 너무나 뜬금없다. 이유 없이 죽어갔을 아이들에게 우리가 어떤 이유를 갖다 붙일 수 있겠는가. 그러니 이러한 아이러니가 우리 사회를 더욱 비장한 울음으로 몰고 갔던 것이다. 시인도 이런 사실에 목메어 운다. 도저히 일어나지 말아야 할 것이 일어났으니 말로 형용할 수 없는 아뜩함에 시인은 절규한다. 시인의 말대로 그립고 슬픈 것에는 이유가 있다. 그 이유는 허약한 우리 사회가 만들어냈다. 그런데 아무도 그 이유의 생산에 대한 책임지지 않는다. 아니, 우리 모두가 이유 생산의 주체라 자임하며 통곡을 해보지만 이미 벌어진 비극에 슬퍼할 뿐, 또 다시 재생산되는 온갖 병폐를 제어할 근본적인 대책 마련에는 소홀한 감이 없지 않다. 한 번의 비극은 언제든지 재연될 수 있다. 시인의 고뇌와 슬픔 안에는 우리가 오랫동안 생각하고 슬퍼하는 것들이 요동칠 것이다.

전화도 없는 사무실 안에서
떠들어 대는 건 TV 한 대
그 잘난 코로나 때문에
우리들은 조용히 미쳐가고 있다
미치지 않으면 안되는 세상

미치지 않으면 안되는 서로를 붙잡고

세상에 삿대질 해봐도

돌아오는 건 빈 메아리

미소도 웃음도 잃어버린 거리엔

바이러스 바이러스 바이러스들

삶의 무게만큼 무거운 발걸음

확진 ○○○며, 귀천 ○○○명, 격리 ○○○○명

숫자로 늘어가는 본질을 보면서

생각을 털어보려 쉼 호흡

잠긴 마음, 닫힌 공간 모두가 막혀있다

창문을 두드리는 빗줄기에

우산을 펴고 거리로 나선다

사람이 사람을 보지 못하는

이 별난 세상을 살아가는 지금

우리는 조용히 미쳐가고 있다

— 「봄비 오던 날」 전문

　　「봄비 오던 날」 역시 「그립고 슬픈 것에는 이유가 있다」처럼 우리 사회의 중요한 이슈가 되는 소재를 가지고 쓴 시편이다. 지금도 진행 중인, 전 세계적인 전염병 창궐로 고통 받고 있는 우리 사회의 풍경의 단면을 보여준다. "숫자로 늘어가는 본질을 보면서/ 생각을 털어보려 쉼 호흡/ 잠긴 마음, 닫힌 공간 모두가 막혀있다/ 창문을 두드리는 빗줄기에/ 우산을 펴고 거리로 나선다/ 사람이 사람을 보지 못하는/ 이 별난 세상을 살아가는 지금/ 우리는 조용히 미쳐가고 있다"는 시인의 절망어린 호소에 동감하지 않을 사람이 몇이나 되겠는가. 느닷없는 역병의 창궐에서 사회체계와 사람들 사이의 소통 관계가 돌변했다. 격리와 거리 두기가 일상이 되어버렸다. 그러니 긴밀한 소통은 말할 것도 없고 대면對面 방식의 커뮤니케이션조차 용이하지 않게 되었다. 이러한 사회구조적 변화는 코로나 바이러스의 등장 이전의 세계와 이후 세계를 확연하게 구분 짓게 하는 마디 점으로 작용했다. 어딘가 모르게 세상이 심상치가 않다는 느낌을 모든 사람이 받았을 것이다. 최근 급격한 과학발전과 시스템의 변화에서 나타나게 된 인간사회의 효율적 구조 개선뿐만 아니라, 곳곳에서 발생한 자연재해와 이상기후 등에서 인류사회는 이전에 경험하지 못했던 시대로 진입했다. 여기에 변종 바이러스까지 계속 출현했다. 이제 앞으로 세계는 아무도 예상하지 못한 방향으로 흐를 수도 있다. 점점 별난 세상이 되어가는 것이다. 시인은 별난 세상이 되어버린 요새 세상을 한탄한다. 이전의 세계로 돌아갈 수 없다는 절망에서 비롯한 시인의 탄식이 눈에 선하다. 계절이 바뀌어도 자연의 풍광을 예전처럼 직접, 자유롭게 감상하지 못하는 세상이다. 쉽게 몰려다니지도 못하고 사람들끼리의 간격도 지켜야 한다는 정부 관계자들의 말이 일상적인 뉴스가 되었다. 이런 사회에서 시인조차 숨을 쉬지 못할 만큼 답답함이 느껴진다. 사회변화와 인간적 커뮤니케이션의 실종 앞에서 인간됨을 실천하는 방법이 무엇일까. 위 시는 그런 물음까지 내포하고 있다.

만남은 우연이 아니야
사람으로 태어난
생명의 신비는 신의 영역
작은 세포 하나에서부터

너와 나의 인연은 시작되고

뿌리지 않아도 자라나는 들꽃처럼

아이는 제 스스로

세상 바깥 빛의 광장을 응시하며

어머니의 어머니가 바라 본

숲의 노래와 바람의 소리를 기억한다

아이가 보는 세상은 신기루

일어나 첫걸음으로 당당히 선

너의 꿈은 걷는 것

해맑은 눈빛 속에 요람 속 이야기들이

하나 둘 깨어나 빗장을 풀면

사랑의 이름으로 활짝 웃는

어머니의 꿈속에도 별이 뜰거야

— 「첫 걸음」 전문

    다양한 주제와 소재들이 풍성하게 자리한 이번 시집에서 시인이 꿈꾸는 세상을 가장 잘 드러낸 시편이다. 삶의 여정에서 숱한 경험들을 하면서 쉬 지치고 힘들어하는 게 인간이다. 인생이 그만큼 녹록치가 않다. 게다가 공동체의 부정적인 현상과 메커니즘으로 얼마나 많은 사람들이 고통 받으며 허덕이는가. 시인은 현실세계에서 벌어지는 반생명적 시스템과 사회 메커니즘을 보며 한탄하지만, 결국 생명의 존귀함과 신비함에서 인류 공통의 가치를 발견한다. 「첫 걸음」에서 시인은 그런 희망을 여실히 드러낸다. "사람으로 태어난/ 생명의 신비는 신의 영역/ 작은 세포하나에서부터/ 너와 나의 인연은 시작되고/ 뿌리지 않아도 자라나는 들꽃처럼/ 아이는 제 스스로/ 세상 바깥 빛의 광장을 응시하며/ 어머니의 어머니가 바라 본/ 숲의 노래와 바람의 소리를 기억한다"는 생명의 숭고함과 신비에서 사람 하나하나에 가득한 우주적 기운을 유추할 수 있다. 모든 생명의 시작은 사랑이다. 사랑에서부터 모든 생명의 작용과 운동이 펼쳐진다. 따라서 사랑이 없는 모든 생명적 관계는 시들해질 수밖에 없다. 위 시에서 첫 걸음은 비단 아이에게만 해당되지 않을 것이다. 인류 생명의 첫 걸음이자, 좀 더 나은 세상을 향한 개인과 공동체의 첫 걸음이기도 하다. 알 수 없는 생명의 신비를 품에 안고 태어난 우리들이다. 그리고 우리들이 모여서 사회와 세계를 구성한다. 여러모로 다양한 변화와 격동의 역사를 거쳐서 이르게 된 오늘날의 우리들은 어떤 모습으로 최초 사랑의 신비를 간직하고 있을까. 이금숙의 시는 묻는다. 고단한 삶의 여정에서 우리가 갖추어야 할 최소한의 덕목은 무엇인가. 사랑의 마음으로 올리는 기도를 끊임없이 되뇌면서, 이 흔들리는 세계에서 우리가 진정한 사랑과 소망으로 서로를 보듬고 안아주는 세상은 언제쯤 올 것인가, 이번 시집은 그런 질문을 던지면서, 시인의 마음이 우주에 닿을 수 있기를 간구하는 언어의 흔적이다.